산의 말씀

박이정시선 04

산의 말씀

초판 1쇄 인쇄   2019년 6월 17일
초판 1쇄 발행   2019년 6월 24일

지은이   이준섭
펴낸이   박찬익

펴낸곳   (주)박이정
주소   (우)130-070 서울시 천호대로 16가길 4
전화   02-922-1192~3
팩스   02-925-1334
홈페이지   www.pjbook.com
이메일   pijbook@naver.com
등록   2014년 8월 22일 제305-2014-000028호

ISBN 979-11-5848-513-9 03810

＊ 책값은 뒤표지에 있습니다.

산의 말씀

이 준 섭 시 집

(주)박이정

어렸을 때부터 마을 뒷산 오르내리는 일은 마냥 신나기만 했습니다. 우리 집 뒤엔 소나무 우거진 야산이 우리들의 놀이터였습니다. 숨바꼭질, 물구나무 서기, 말타기 놀이… 이런 놀이 덕택으로 산을 일찍부터 유난히 좋아하고 사랑하게 되었을까요?

등산을 좋아하게 된 때는 1982년부터였습니다. 처음으로 등산화, 등산복, 검은 안경을 사러 다닐 때의 설레임과 행복, 겨울 등산을 위해 아이젠을 구입할 때의 떨림의 행복, 잊을 수 없습니다. 월출산, 지리산을 곁에 두고 자주 오르내리며 산을 더욱 사랑하게 되었어요. 모처럼 고향에 오면 내변산을 오르내리며 마냥 행복했습니다. 등산의 행복을 나 혼자 간직하기엔 너무 벅찬 감동을 시(詩)로 창작하곤 했습니다.

퇴임 후 해외여행 드나들 때 한국문화예술진흥원에서 설악산 만해마을 입주작가를 모집했습니다. 제가 산 사랑하는 사람임을 아셨는지 선정해 주어서 3개월간 만해마을에서 살면서 강원도 산봉우리들을 오르내리는 행복을 누렸습니다. 그 후 담양에서도 입주 작가로 선정되어 한 달 동안 등산하며 창작하는 행복을 안았습니다. 이렇게 등산에 대한 시 작품도 제법 많이 모아졌습니다. 모아진 시들을 언젠가는 책으로 엮어 산을 사랑하는 사람들과 나누는 것도 큰 행복이 되리라는 꿈을 갖게 되었습니다. 해가 갈수록 이런 꿈이 실현될 날이 오리라 믿고 더 열심히 산 사랑과 창작을 꾸준히 실천해 왔습니다. 등산의 행복을 많은 사람들과 나누게 되어 이 세상에서 제가 가장 행복한 사람이 된 것 같습니다. 감사합니다. 고맙습니다.

졸작 등산시집(登山詩集) "산의 말씀"을 산을 사랑하시는 분들이 많이 읽어 주시길 기대하면서, 이 시집 발간에 도움을 주신 한국출판문화진흥원, 박이정출판사의 박찬익 사장님, 권이준 상무님, 직원 여러분들께 고마움의 인사드립니다.

2019년 꽃피는 봄날에
이준섭 씀.

제1부 설악산 등산의 행복

제2부 지리산의 품에 안기는 행복

제3부 산이 좋아 두루두루

제4부 소나무 숲길

제5부 초록 숲길

산의 말씀

산을 오르는 일은
조심조심 살아가야 할 삶을 배우는 일
조심조심 올라가기도 힘들고
조심조심 내려가기도 떨리고

함부로 올려다보지도 말아라
함부로 내려다보지도 말아라
힘을 잘 절제하면서
힘을 꼭 써야 할 곳 알아내면서
말없이 푸른 잎 키우기에 열중하라
너무 튀지 않는 삶의 자세를 가져라

함부로 서둘지도 말고
함부로 주저앉지 말고
하늘 하나 가장 가까이 모셔두고
열심히 기도하며
흰구름 흘러가는 곳 그리워하면서
더 높고 푸른 하늘을 노래하여라

오늘도
보다 높은 꿈의 암벽을 조심조심 오르내리며
산의 실핏줄같은 약수물을 후룩후룩 마시며
골짝물로 흐르는 산의 말씀을 새기며 살아가거라.

〈 산의 말씀 서시 (序詩) 〉

하얀 벼랑바위 같은 고독을 만나는 산길

제1부

설악산 등산의 행복

벼랑바위의 도인(道人)

산을 오르면
숨겨진 절벽 끝
도인(道人) 한 분 만날지니
빈 방에 홀로 살며
눈썹 끝에서 흰구름꽃 피어나는
머리카락 끝에서 솔향기 피어나는
도인 한 분 만날지니
나무들의 초록잎 꿈을 안고
안개로 흐르다가
물소리로 흐르다가
하늘이 된 도인 한 분 만날지니
별빛 같은 눈의 미소를 깨달을지니
하얀 벼랑바위 같은 고독을 만날지니.

〈설악산 주전골에서〉

콧대 높은 산봉우리들

나무와 나무 사이는 새소리가 이어준다
바위와 바위 사이는 물소리가 이어준다
능선과 능선 사이는 나무들이 이어준다

아, 저 높고 푸른 산봉우리를 보아라
서로들 내가 최고라며 흰구름 말씀조차도
흘려보내는구나
서로들 내가 하늘을 가장 잘 우러르며 산다고
메아릴 날리는구나
저렇게도 높고 높은 산봉우리와 산봉우릴
누가 이어줄까?

자신을 이 시대의 작은 영웅으로 착각하는
산봉우리들
한 세상을 잘 다스리는
이 시대의 영웅으로 착각하는
독재자 같은 저 산봉우리의 오만한 콧대를 꺾어
뜨겁게 타오르는 민중들의 핏줄을 이어

만백성들의 환호성 같은 촛불을 달아
자유롭게 오가게 하여라
만백성들의 뜨거운 하소연이 가슴 속에서
타오르게 하여라

콧대 높은 산봉우리들은 흰구름꽃이 연결해주는구나!

〈설악산 대청봉에서〉

외로움에 우는 산

산을 사랑하는 사람아
산의 울음소릴 들었는가
강물보다 더 멀리멀리 흘러가는
산의 푸른 울음소릴 들었는가
끝없이 흐르고 흘러가다
바다보다 깊은 슬픔이 되어
산자락보다 크게 울어대는 노도(怒濤)소릴 들었는가
하늘이 높을수록 깊은 그리움 되듯
산봉우리 높을수록 더 외론 산의 울음소리
그 슬픔 몇은 별이 되어 오늘도 반짝거리고
그 울음 몇은 쑤꾸기 울음 되어 오늘도 들려오누나
산을 사랑하는 사람들아
골이 깊을수록 애절하게 울고 있는
산의 울음소릴 들어 보아라
산이 높고 푸를수록 깊은 외로움에 울고 있는
그리움의 멍든 울음소릴 들어 보아라

〈설악산 울산바위에서〉

다 그대로 두고 내려가거라

산을 사랑하는 사람아
산까치 앉은 소나무 한 그루
그 자리에 그냥 그대로 두고 내려가거라

산을 유달리 사랑하는 사람아
네 몸에 칭칭 감긴 산자락을
나뭇가지에 타래타래 되감아 두고 내려가거라

머리에서 몽그레몽그레 피어나는 꽃구름도 그대로 두고
귀고리로 매달고 다니던 새소리도 그대로 두고
거북이 같은 수석(壽石) 하나도 그냥 그대로 두고
푸른 잎과 함께 더 푸르러진 네 꿈도 다 두고
메아리로 마음 다 비우고 흐르는 물로 내려가거라

빈 산은 비어서 가득 차 있듯
빈 산 그대로 두고 내려가는 그대는
푸른 꿈으로 가득 차서 넘쳐나는구나
푸른 잎으로, 새소리로, 흰구름으로…
물소리로 흘러 흘러서 가는구나
맑고 맑은 물소리로 흘러가는구나.

〈설악산 만해마을 산책로에서〉

잎마다 꽃피우는 삶

네 얄팍한 생각들 다
풀잎 속에 묻어두면
풀잎들이 조금씩은 키워줄지 몰라

네 남루한 허욕의 옷자락을 다
솔가지에 새소리로 걸어두면
솔잎으로 만든 하늘 한 자락 입혀줄지 몰라

네 설레는 그리움도
네 뜨거운 눈물도
산봉우리에 학처럼 앉아
하얀 꽃구름으로 다 띄워 보내면
맑고 고운 솔바람소리도 듣게 될지니
맑고 고운 물소리도 비로소 듣게 될지니

너를 만나고 알게 되었다
한 사람의 삶이 얼마나 미천한 것인가를
오래 머물지 못하는 화려한 흰구름일랑은
솔바람에 태워 띄워 보내라
골짝물로 씻어 흘려 보내라

남은 생애를 다 바쳐 어둠의 새를 날려라
남은 어둠을 다 심어 잎마다 꽃을 피워라.

〈설악산 만해마을 산책길에서〉

산 속에 사는 행복

깊은 산 속에서
1년 정도 살아 보아라
경이로운 대자연의 이치를 깨달을지니
신비스러운 대자연의 음악을 들을지니

새봄이 와서
희망찬 연초록 머리를 곱게 빗고
진달래 철쭉으로 연지 곤지 물들이고
나들이길 나설 때 들려오는 소리
깊은 골짝 얼음장 무너져내리는 소리

한여름 짙어가는 녹음 속에서
산목련꽃으로 그리워 애태우다가
잇꽃으로 달아올라 황홀해 하다가
문득 절벽 하나 금가는 소리
순간 참사랑 하나 터지는 소리

낙엽지는 가을엔
저녁노을 물든 풀섶에 귀 기울여 보아라
풀섶마다 낙엽 속마다 부석거리는 소리
고슴도치들 겨울 준비 위해 먹이 저장하는 소리

한겨울 숲 속에 쌓이는 소리
연일 두고 내려 쌓이는 눈꽃송이
산토끼, 멧돼지, 노루… 울음소리
고 새하얀 눈밭 속을 헤매는 소리
쌓이는 눈보라에 견디지 못하고
우지끈! 우지끈!
솔가지 부러지는 소리

가장 맑고 부드러운 물방울들이
가장 크고 단단한 바위를 뚫어
구멍 만드는 이치를 깨달을지니
가장 아름다운 대자연을 사랑할지니.

〈설악산 만해마을에서〉

산등성 건너뛰며 놀며

설악산 산봉우리 겹겹 둘러싸인 만해마을
앞에는 산봉우리 꿈 가득 실은 물소리
뒤에는 커다란 공룡처럼 길게
누워있는 산등성들

6,500만 년 전 산봉우리 건너뛰며 놀며
꿈꾸듯 장난치던 거대한 공룡처럼
그 옛날 하늘 닿은 공룡 되어
산봉우리 건너뛰며 논다

산봉우리 오가며 구름나라 오가며
하늘의 꽃구름으로 귀고리 목걸이도 하며
휘익, 획 산등성 건너뛰며
꽃구름 속 살아간다.

〈설악산 만해마을에서〉

골짝물로 흐르는 산

우리나라 마을길 위 낮으막한 언덕마다
가파른 산언덕길 비탈진 너덜겅에도

치솟은 산봉우리들
저 바위 위
소나무들

제각각 바위틈에
뿌리내려 꼿꼿이 서서
언제나 푸른 솔잎 곧추세워 흔들리며

새소리 바람소리 굴리며
골짝물 함께 흐릅니다.

〈설악산 만해마을에서〉

산속에서 깊은 잠을

눈이 내립니다
연일 두고 쌓입니다
산길도 산마을도 눈을 덮고 잠이 들면
나도 그때서야 비로소 잠을 청해봅니다

지상의 모든 교통이 두절되고
아황산가스와 소음(騷音)도 눈 속에 묻혀지고
가장 두꺼운 스치로폴 넣은 방한벽처럼
하늘이 나를 따스하게 안아주면,
비로소 사슴 한 쌍 뛰어노는 눈이불 덮고
한겨울 깊이 만큼 깊은 잠을 청해 봅니다

폭설로 동서남북이 없어졌을 때
꽃사슴이 문득 뛰어내려올 때
비로소 피어나는 까만 아스팔트의 순결
원시의 고요 속에서 들려오는 새봄의 환호성이여

눈 쌓일수록 길어지는 추억의 필름
집과 집이 고립될수록 더 활활 타오르는 통장작불
얼음벽 굳어질수록 미끄럼타고 내려오는 봄꿈들

눈이 내립니다
온 마을을 뒤덮을 듯 쌓였습니다
천 년 전쯤의 옛날로 돌아가
가장 느긋한 여유와 떨리는 낭만을 덮고
사흘 낮 사흘 밤을 내내 잠들어 꿈을 짓다 꿈을 깨다
억만년이 지나도 변하지 않을 미이라처럼
변하지 않을 산 높이의 봄꿈이 되어
아주 깊고 깊은 수렁 속에 빠져들어가듯
온몸을 포근한 땅 속에 묻고 그 위에 하늘 이불 덮고
비로소 깊고 깊은 잠에 빠져 봅니다.

〈설악산 만해마을 숙소에서〉

27

경전(經典)을 노래하는 산

산을 오르는 일은
산이 되어 보는 일이다

하늘 닿을 산봉우리 서너 개 눈높이로 세워놓고
산봉우리 오르내릴 능선일랑 팔다리로 길게 뻗혀놓고
폭포 한 개쯤은 사타구니 깊은 곳에 숨겨 놓고
깊을수록 물 맑은 골짝일랑 가슴 속 깊이 흐르게 해라
저 멀리 산자락 끝 바닷물의 푸르름도 끌어다가
네 세포마다 나무를 심어 푸른 잎 자라게 하고
귓속 깊이로 새소리의 음악도 흐르게 해라
등산가는 한 번 간 길은 두 번 다시 가지 않나니
오늘도 두 눈을 부릅뜨고 새 길을 찾도록 해라
새 길 찾다 보면 늘 암벽에 부딪칠 거니 그래도
네가 가진 정열과 사랑 다 바쳐 찾도록 해라
새 길 찾아 헤매다 보면 옛 절터도 문득 만날지니
너의 숨겨진 서안(書案) 어딘가에도 옛 사찰(寺刹) 하나
모셔두고 더욱 감사드리며 소중하게 깊이깊이 간직해라
자연의 경전 하나쯤은 빌며, 외우며, 노래하며 살아가거라

산을 오르는 일은

경전(經典) 하나 노래하는 일이다.

〈설악산 흔들바위 길에서〉

설악산 밤 등산길

설악산 밤 등산길
오를수록 가까이 내려오는 별꽃밭
혹은 깎아지른 바위에서 반짝거리고
혹은 단풍나무 잎새에서 반짝거리고

오를수록 반짝거리는
신선(神仙)들의 옷자락
옷자락 끝에 떨어지는 별똥별
머리 위에서도 반짝거리는 별똥별

어느 덧 가슴 속은 별들이 꿈물결로 출렁이는데
랜턴 불빛을 타고 발 아래로 흘러내리는 별꽃들
어둠 속 등산길을 따라 불길이 타오르고 있었다
오르내리는 등산길에 별빛이 쏟아지고 있었다

설악산 밤 등산길

등산로에 줄지어 선 신선들의 반짝이는 불빛들

하늘엔 총총 박힌 등산객들의 반짝이는 별꿈들

오를수록 소르르, 솔솔, 소그르르, 솔솔

가장 맑은 물줄기로 흘러내리고 있었다

오를수록 화르르, 활활, 화그르르, 활활

가장 뜨거운 불길로 타오르고 있었다.

〈설악산 천불동 골짝 야간산행〉

소나무 키우며 사는 벼랑바위

우리나라 설악산에도
천길 벼랑바위 한 분 살고 계셨습니다
풀 한 포기, 소나무 한 그루, 새 한 마리 없는
너무도 높고도 높아 동무도 없는
하얀 벼랑바위님이 외롭게도 살고 계셨습니다

"벼랑바위야, 너도 소나무 한 그루,
새 한 쌍은 키울 수 있어. 열심히 기도해 봐"
"흰구름아, 고맙다. 외롭더라도 참고 견디며 열심히
기도할게"
몇 년이 훌쩍 지난 어느 여름
먹구름이 뒤덮더니 소낙비와 함께 뇌성벽력이
계속되었습니다

"쿠르릉, 쾅, 쾅쾅!"
"쿠르릉, 쾅, 쾅쾅!"
"후루릉, 쾅, 콰쾅쾅!"
"후루릉, 쾅, 콰쾅쾅!"

순간 하얀 벼랑바위의 가슴에도 동그란 구멍이
뚫렸습니다

새봄이 오자 솔바람에 솔씨 하나 구멍 속에
날아왔습니다
벼랑바위는 감격의 눈물을 흘렸습니다
눈물은 폭포가 되어 흘러내리고 있었습니다
'나도 이젠 가슴 속에 아기소나무를 키우게 되다니!'
'몇 십 년 동안이나 외로움을 참고 기도한 보람이
있구나.'

또 몇 십 년이 흘러갔습니다
꽃구름 위로 날아가던 호롱새 한 쌍이 외쳤습니다
"이렇게 높고도 높은 깨끗한 바위에도 소나무가
살다니!"
"우리들 보금자리 이 소나무에 마련하고 좀 더 하늘
가까이 삽시다."

우리 설악산, 대청봉에도 천길 벼랑바위 한 분
소나무 한 그루 잘 키우며
호롱새 한 쌍도 행복하게 알콩달콩 살아가며
푸른 잎들 푸른 꿈을 모아
폭포물로 연방 흘려 보내주며
높고 푸른 꿈을 꽃피우며 살아가고 있습니다
가장 높고 고운 꿈을 자랑하며 살아가고 있습니다.

〈설악산 대청봉에서〉

봄의 꿈길을 놓는 산

빙벽의 겨울산은 말이 없다
안으로 겹겹 문을 닫아 걸 뿐
말이 없다

하얀 꿈의 빙벽 위에
연일 쏟아지는 눈발
우지끈! 솔가지 부러지는 소리에
한 겹 더 문을 닫아 놓는다

한겨울 내내
겹겹 쌓인 눈밭 속에
눈꽃은 더 깊이깊이 얼어
꿈의 산봉우리 하나 더 쌓아 놓는가

한겨울 내내
내 꿈의 산봉우리는 침묵으로 큰다
안으로 안으로 깊이깊이
한 줄기 수액(樹液)을 빨아올리며

봄의 꿈길 하나 더 놓는다
추울수록 생각의 문을 열고
하얀 꿈의 빙벽을 오르고 또 올라간다.

〈겨울 설악산 대승폭포에서〉

빙벽 위 무지개

소한(小寒) 대한(大寒) 추위로 꽁꽁 언 폭포
한겨울 꿈 속 깊이 꽁꽁 언 폭포
영하 30도의 맵고 쓴 추위를 모아
천길 얼음절벽에 무지개 겹겹 세워 놓았다

토왕성폭포, 대승폭포, 소승폭포…
한겨울 얼음절벽 녹이며 사는 사람 몇
천길 빙벽 오르내리는 야망의 눈빛
저 하늘 향해 던질 때마다
무지개 빙벽 심장에 박히는 피켈의 울림소리
무지개 꿈물결에 살을 섞는 아이젠의 이 황홀함!

폭설 층층 쌓였을지라도
얼음 겹겹 빙벽을 세울지라도
무지개 사다리 오르내리는 사나이들 있는 한
절정 향해 피켈 던지는 소리 메아리치는 한
영하 30도 강추위도 춥지 않다

한겨울 오면 폭포마다
천길 빙벽에 무지개 세워놓는 사나이들
누구보다 먼저 파란 하늘을 이고 내려오려
빙벽을 조심조심 올라가는 튼튼한 사나이들
무지개 살 속에서 봄꿈을 칭칭 감고
빙벽을 나비처럼 날아다니는 사나이들
그들의 나래소리에 겨울잠 깨어나
봄의 숨결을 듣는다
빙벽 위 무지개를 본다.

〈설악산 토왕성폭포에서〉

더 올라가는 산봉우리

당신이 올라간 산의 높이 만큼
높고 푸른 산봉우리 하나
당신의 가슴 속에서 살아간다
산 하나 오를 때마다
더 높아져가는 그대 가슴 속 산봉우리

그 어느 산맥과도 단절된
단절되어 더 우뚝 높아 보이는
당신만이 키워가야 하는 산봉우리
더 높고 푸르러져간다

산봉우리 위 산봉우리
하늘 위 하늘
한평생 올라봐도 못다 오르는 산
한평생 쌓아 올려도 못다 쌓는 꿈의 산봉우리

산에 올라갈 때마다
빈 하늘에 솟아오르는
가슴 속 높은 산봉우리
기도(祈禱)의 말씀으로 더 높아져가는
가장 높고 푸른 우리들의 산봉우리.

〈설악산 천불동 골짝에서〉

무지개 띄워주는 산

한겨울 강추위에도
초록 물결 일렁이는 산

눈보라 거셀수록
일렁일렁
출렁출렁

한겨울
초록빛 물보라로
무지개 띄워주는 산.

〈한겨울 설악산에서〉

사랑의 옹달샘물 흐르는 산길

제2부

지리산의 품에 안기는 행복

성결(聖潔)의 샘 찾아

네 몸 깊은 곳 어딘가에
깊고 깊은 비밀 하나 숨겨져 있듯
우리 산 속 깊은 곳 어딘가에도
깊고 깊은 동굴 하나 숨겨져 있다

네 몸 깊은 곳 어딘가에
성결(聖潔)의 샘 한 줄기 흐르듯
우리 산 속 깊은 곳 어딘가에도
숨겨진 옹달샘 한 줄기 흐른다

숨겨진 산길을 찾아
숨겨진 동굴을 찾아
숨겨진 옹달샘 찾아
내 능선을 타고 깊이깊이 오르내리시는 한 분
깊을수록 더 감동적인 사랑을 밝혀주시는 한 분

네 몸 깊은 곳 어딘가에
사랑의 샘물 흐르고 있듯
산 속 깊은 곳 어딘가에도
사랑의 옹달샘물 흐른다
성결의 샘물 흐르고 있다.

〈지리산 벽소령 골짝에서〉

물소리 칭칭 감고

산을 오르면 들으리
하늘나라의 새소식을 싣고 와
속삭이는 솔바람 소리를 들으리

산을 오르면 만나리
뙤약볕 내려쬐는 여름 한낮
짙은 그늘 몰래 드리워주는
한 그루의 나무를

한 표주박의 물맛을 알기 위해서는
얼마나 많은 땀을 흘려야 하는가를
한 산봉우리의 정상에 오르기 위해서는
얼마나 많은 고통을 이겨내야 하는가를
가장 웅장하고도 아름다운 자연 속에는
얼마나 무서운 위험이 도사리고 있음을
알게 되리라

산을 오르면
맑고 고운 골짝 물소릴
온몸에 칭칭 감고 오너라
시커먼 양심의 떼를 맑고 곱게 씻고
온몸에 물소릴 칭칭 감고 가거라.

〈지리산 세석평전 길에서〉

꿈자락 꽃피우는 소리

여름 이른 새벽
산 속에서 듣는 새소리는
잠든 나무들이 깨어나는
꿈방울 소리

새벽 별이 외로움에 반짝거리다가
안개꽃으로 피어나는 감격으로
나뭇잎마다 골짝마다
초록방울 궁굴려주는 소리

아, 초록방울 구르는 소리
빛살로 터져나는 꿈방울 소리
하늘 한 자락 잡고 뒹굴다가
빛구슬 구르는 소리
저 하늘 오르는 소리

여름날 이른 새벽
숲속에서 듣는 새소리는
새하늘 만나는 설레임을
풀빛으로 펼쳐놓으며
별밤의 꿈자락을 새롭게
꽃피우는 소리.

〈지리산 벽소령 골짝 야영 뒤 새벽에〉

고독이 좋은 하룻밤

산에 오르면
하룻밤은 자거라
산이 되어 달을 품어안고 자보거라

창밖의 총총한 별들 다
나비 떼로 날아와 어둠을 쓸다가
꿈에 겨워 창 밑으로 떨어지리
떨어져 별빛 실은 골짝물로 흘러가리

깊은 밤 잠 못 들어
산과 마주 앉으면
별꿈 싣고 내려오는
물소리 칭칭 감길지니
산짐승들 꿈결 같은 음악 연주할지니

산에 올라
하룻밤만 자 봐도
산의 고독이 좋아
고독 속의 자연의 음악이 좋아
고독 속에 쏟아지는 별꿈이 좋아
내려가는 산길을 잊게 될지니.

〈지리산 종주길에서 하룻밤〉

산 속 절의 품안에 안기는 행복

산을 오르는 일은
사찰 하나 품고 있는
또 하나 조그만 산을
만나보는 즐거움이다

조그만 산일지라도
나무 하나 하나, 풀꽃 하나 하나
얼마나 알뜰살뜰 키워 놓았는가를
감상해 보는 즐거움이다

애지중지 키워놓은 나무들이
어떻게 숲을 이뤄
푸른 잎 꿈을 가꾸어 가는가를
직접 만나보는 즐거움이다

푸른 숲 속에 절 하나 품어안고
얼마나 감사드리며 행복해 하며
날마다 기도하며 살아가는 삶을
배우는 즐거움 또한 많기도 하구나

오늘도
산을 오르는 일은
사찰 하나 안고 사는
또 하나 조그만 산을
만나는 기쁨이다
그 절의 품안에 안겨보는
행복을 누리는 즐거움이다.

〈지리산 법계사에서〉

구름 나라의 여행

산을 오르면
구름나라에 여행할 수 있으리라

산등성마다 조금씩 다르게
산길 따라 피어오르는 꽃구름송이들
흰구름, 뭉게구름, 양떼구름, 비단구름, 안개구름,
새털구름, 노을구름…

저승 같은 구름 위의 구름나라
가장 순결한 은빛 금빛 나라
저승길 떠나기 전에 마지막으로
저승길 한 번 여행하고 싶거든
산봉우리에 오르면 되리라

산봉우리에 오를 때마다
구름방석에 앉아
하늘 위 하늘같은 구름나라
저승 같은 구름나라 여행할 수 있으리라.

〈지리산 노고단 산길에서〉

수평선 꿈 끌어올리는 행복

산을 오르면 저절로 환호성이 터지리라
하나의 산봉우리 받들기 위해
산맥과 산맥들이 얼마나 멀리 뻗어나왔는가
골짝과 골짝들이 얼마나 깊이 있게
산의 말씀들을 소곤소곤 들려주는가

산을 오르면 저절로 감탄사가 터지리라
능선의 오르내림에 따라
괴암괴석들이 적재적소에 절묘하게 서서
안개꽃 피우다가 흰구름꽃 피우다가
몇 백 년이나 키웠을까 저 소나무 분재는!

푸른 하늘에 흰구름 커튼을 치고
일렁거리는 초록물결 침대에서
물소리의 음악을 크게 틀어놓고
햇빛구슬로 방울방울 땀도 흘리며
섹스를 즐기고 있는 산짐승을 보아라
나무들의 거친 숨결을 다 마셔 보아라

산을 오르면

풀잎, 나무, 바위, 골짝, 능선, 산짐승…

산자락이며 산새들까지도

산봉우리를 받들기 위해서

저 멀리 수평선 끝 꿈을 끌어올리기 위해서

얼마나 일사불란(一事不亂)하게 조직되어 제 할 일 다하며

얼마나 아름다운 목소리로 새 세상을 노래하며

자라고 번식하다 늙어 죽어가는가를 알게 되어

저절로 감탄사가 옹달샘물처럼 쏟아지리라.

〈지리산 천왕봉에서〉

폭포로 쏟아져내리는 산의 외로움을 만나는 산길

제3부

산이 좋아 두루두루

산봉우리 함부로 올라서지 말아라

산봉우리는 하늘이다
산봉우리에 함부로 올라서지 말아라
저 하늘을 산 높이로 받들고
어떤 비바람 눈보라에도
더욱 의젓한 자세로
오늘도 가장 가까이에서 하늘 우러르며
오늘도 우리들 자유와 평화를 위해 빌며
푸른 꿈을 반짝거리고 있는 하늘이다
산봉우리에 함부로 올라서지 말아라.

〈봉화군 청량산에서〉

산의 봄꿈을 보아라

산등성마다 흰 눈으로 쌓여 있다가
산골짝마다 폭설로 쌓여 있다가
실개천마다 얼음꽃으로 피어 있다가
기나긴 겨울밤 엎치락뒤치락하다가
울다 지쳐 잠들어 꿈꾸다가 꿈깨다가
가슴 속 뜨건 사랑 하나 그리워하다가
더 높고도 깊은 꿈의 빙벽을 세우다가
봄비로 그리움의 눈물 줄줄 흘리다가
가지마다 초록 잎으로 터져나오다가
진달래 철쭉으로 황홀하게 타오르다가
기다림의 절벽에서 소나기로 쏟아지다가
문득 폭포로 쏟아져내리는 산의 외로움을 보아라
마침내 산사태로 무너져내리는 산의 봄꿈을 보아라.

〈북한산 봄꽃 등산길에서〉

그리움에 금간 가슴

몇 차례 봄비 다녀갔는데
가지마다 초록 잎 터져 나왔는데
진달래 산철쭉 산자락마다 피어났는데
새들도 봄꿈을 쫑알쫑알 쫑알거리는데
산봉우리의 너털웃음 멀리서 들려오는데
숲속엔 해해낙낙거리며 박수소리 들려오는데
골짝물은 산의 축제 소식 실어나르기 바쁜데
산길 몇은 풀향기와 꽃향기로 취해 숨 막히는데
산새들과 산짐승들 짝짓기에 황홀하기만 한데
산길 오르내리는 연인들도 사랑을 속삭이는데
정말 오랜만에 만난 바위 몇 술잔 부딪치는데

임을 못 만나 죽고 싶은 절벽 하나 울고 있었구나!
외로움에 부르르 부르르 떨다가 뛰어내릴 듯하더니
그리움과 외로움에 멍든 가슴, 쩡! 금이 가버렸구나.

〈관악산 등산길에서〉

등산의 즐거움

산을 오르는 일은
감춰진 산의 비밀을 하나씩
하나씩 찾아보는 즐거움이다

능선과 능선들이
어떤 나무들을 어떻게 키워
어떤 숲을 이뤄 살고 있는가 찾아보는 즐거움

어떤 나무들이
어떤 열매들을 어떻게 키워
산짐승들을 먹여주는가를 찾아보는 즐거움

산새와 산짐승들, 풀벌레들이 어디에서
언제 어떻게 짝짓기를 하며
행복하게 살아가는가를 알아보는 즐거움

아, 저 바위를 좀 보아
아기 바위가 엄마 바위를 안고
몇 천 년이나 서서 흰구름꽃 꽃피워왔을까?
몇 천 년 동안이나 저 소나무 분재를 키워왔을까?

산을 오르는 일은
깊이를 알 수 없는 고요의 품안에 안겨서
매연과 소음으로 더러워진 귀를 씻어내며
잠시나마 순하디 순한 산짐승 되어 보는 즐거움이다
산새 울음으로 가슴 속을 씻어내며
잠시나마 신선(神仙)이 되어 보는 즐거움이다.

〈관악산 연주대 등산길에서〉

64

내려갈 줄 아는 용기

높이 오를수록 더 위험해지는 너의 발길
높이 오를수록 더 중요해지는 너의 꿈길

더 높이는 올라가지 말아라
더 이상 높은 산봉우리는 꿈꾸지 말아라
치솟은 산봉우리는 외롭다, 불안하다

능선과 능선들이 서로들
가장 높은 봉우리가 되기 위해
그 얼마나 힘을 다투며
눈 부릅뜨고 있는가를 보아라
칼을 갈고 있나 살펴 보아라

산길은 더 높이 올라가기보다는
내려갈 줄 아는 용기를 위해 있다
내려가기가
얼마나 힘들고 떨리는가를 깨닫고
물소리 따라 내려가며
풀피리 불며 살아가거라.

〈관악산 등산길에서〉

때문이야, 산은

산이 산다운 것은 산봉우리가 있기 때문
사람이 하늘 우러러 부끄럼 없이 살아가야 하듯
하늘 우러러 부끄럼 없는 산봉우리가 산에 있기 때문
산봉우리가 높은 것은 외로움을 잘 키울 줄 알기 때문
산봉우리가 날마다 더 올라가는 것은
나무들 사랑하기 때문
산봉우리 높은 정신을 전해주는 것은 흰구름이 있기 때문
산봉우리는 잘 알고 있지 – 능선과 능선, 바위와 바위,
나무와 나무…
하찮은 풀잎 하나도 꼭 놓여야 할 곳에 놓여 있음을
모두들 제 갈길 가며,
제 할 일 잘 하며,
자유와 낭만, 그리고 평화를 노래하며
얼마나 행복하게 살아가는가를 늘 살펴보기 때문
목마른 나무들 위해 이따금 먹구름 모셔와
비를 내려주기 때문

빗물 흠뻑 마신 나무들 푸른 잎을 별꿈처럼
반짝거리고 있기 때문
산이 산다운 것은 산능선들이 한 마음으로 산봉우리를
받들고 있기 때문
산봉우리가 낮은 산들의 머리를 쓰다듬어 주며 꿈을
키워주기 때문.

〈도봉산 등산길에서〉

과유불급(過猶不及)의 산

쌓인 눈(雪)
그 위에 쌓이는 눈
산봉우리로 쌓이는 눈
하느님이 만드신 최고의 예술작품

100m초대형 화면의 설경(雪景)
눈의 스펙타클
눈의 파노라마
동서남북 위 아래 입체음향(立體音響)

문득 쩡쩡 울리는 소리
산등성에서 설해목 부러지는 소리
눈사태로 하늘 한쪽 무너져내리는 소리의 장엄함!
산도 마을도 하늘자락에 뒤덮이는 소리

지나친 아름다움은 얼마나 짧은가
지나친 눈부심 뒤엔 어둠이 얼마나 무서운가.

〈겨울 운악산 병풍바위 앞에서〉

높은 산이 더 푸른 것은

산이 푸른 것은
산사태로 죽어간 사나이들 푸른 꿈이
산보다 크고 웅장했던 꿈이
깊은 산 속에 잘 보존되어 있기 때문이리라

산이 이리 높고 푸른 것은
능선 타고 꿈틀거리는 사나이들 푸른 꿈이
산봉우리로 올라와서
하늘까지 올라갔기 때문이리라

하늘도 무너뜨릴 사나이들 꿈자락들이
폭포 물로 쏟아져 흐르고
바위로 굳어진 먼저 간 사나이들의 꿈
소나무 분재로 살아가고
산메아리로 울려 퍼져나가는
푸른 잎들의 함성이여

산이 더 푸른 것은
사나이들 푸른 꿈이 산봉우리까지 우거져
힘찬 발길이 끊임없이 이어지기 때문이리라
젊은이들 푸른 숨결이 들려오기 때문이리라.

〈히말라야산 등산객 조난사고를 보고〉

소나무 분재 안고 살기

산에 오르는 일은
가슴 속에 소나무 분재 하나 얹고 내려가기 위함이다
하늘 닿은 바위 꼭대기 위 소나무 분재!
꽃구름 가끔 먹고, 빗물 가끔 마시며
바람님의 하늘나라 이야길 즐겨 들으며
밤이 어둘수록 별은 더 총총총 빛나듯
세상 어둘수록 솔잎 푸른 꿈 키우며 살아가는
소나무 분재 하나 안고 내려가기 위함이다

말 많은 시대
그럴듯한 사탕발림 먹이는 시대
이처럼 혼돈의 시대를 살아가다
산에 오르는 일은
가슴 속에 소나무 분재 하나 얹고
산길을 내려오기 위함이다
소나무 분재처럼 꽃구름 먹고 빗물 마시면서도
푸르게 푸르게 하늘 우러르며 살아가기 위함이다.

〈도봉산 산길에서〉

옹달샘물 마시는 즐거움

산을 오르면
땀 흘린 만큼 목마른 길
산의 고독의 깊이 만큼 목마른 길
타는 목마름으로 찾아 헤매는
옹달샘

한 능선 오르내릴수록
더 높이 오르내릴수록
맑고 고운 옹달샘물 흐르고
옹달샘물 마실수록 솟아나는 힘
힘차게 힘차게 오르내리는 길

더 높이 오르내릴수록
더 깊이 솟아 흐르는 옹달샘
더 맑은 옹달샘 물 마실수록
더 불끈불끈 솟아나는 힘

썩어 악취 나는 물 안 마시려거든
발암물질 섞인 물 안 마시려거든
산을 오르라, 더 높이 오르라
땀 흘린 만큼 목마르고
목마른 만큼 벌컥벌컥 마시고 나면
저절로 힘이 솟아오르는 산에
가장 순결(純潔)해 성스러운 옹달샘의 산에
오늘도 푸르름을 온몸에 칭칭 감으며 올라가거라.

〈덕유산 골짝에서〉

상처투성이의 산

산길 오르다 보면
산자락 어디쯤
다이너마이트 자국처럼 헐려진
아주 커다란 구멍 하나 볼지니
자연의 이법(理法)을 마구 흐트려 놓아
파헤쳐진 아름다운 산의 속살

산길 내려오다 보면
산자락 끝 어디쯤
반쯤 무너진 빈 집 몇 채 버려진
마을 하나 만날지니
아이들 재잘거리던 고샅길엔
강아지풀만 우거지고
고향의 향기 모람모람 품어 올리던 굴뚝엔
산짐승들만 들락거리는 마을

산자락 함부로 깍아내려 아파트 짓는 사람
산자락 함부로 무너뜨려 술집을 짓는 사람
산자락 함부로 파헤쳐 호화별장 짓는 사람
산의 발가락들 잘라내어
산을 눕혀 짓밟고 사는 사람들
문득 하느님의 성난 눈물로 휩쓸려갈지니
분노한 산의 힘에 쓰러질지니

산길 오르내리다 보면
헐려지고, 파헤쳐지고, 짓밟혀지고, 찌그러지고, 망가진…
산마을, 산자락, 무덤들, 자동차, 냉장고, TV…
상처 난 내 가슴 같이 아픔이 쌓여 있다
달랠길없는 슬픔이 메아리치고 있다
회복될 수 없는 폐허가 널브러져 있다.

〈서울 청계산 산길에서〉

76

꽃풍선 띄워주는 산

푸른 하늘 아래
활활 타오르는 통일 꽃잎
숨겨둔 초소 하나
사뤄버릴 통일 불길
우리들 소망의 팡파르
여기 저기 울려 퍼지는 산

산봉우리 잔디밭엔
제단(祭壇) 같은 헬기장
임진강 건너 산도
손잡을 듯 다가서고
손 흔들며 달려오는 얼굴
꽃잎인 양 흩날려라

역사의 뒤안길로
쓰러져간 함성 안고
두둥둥 들려오는
흰구름꽃 하얀 물결
모두 다 꽃풍선으로 떠
푸른 하늘 날아가도다.

〈문수산 산봉우리의 꽃잎〉

새 하늘 오르내리는 산

날마다 바다를 안고
새 하늘을 오르내리는 산

영겁(永劫)을 잣고 있는
연대(年代) 모를 사찰(寺刹) 하나
사색하기 가장 좋은 푸른 숲 속에
아담하게 지어 놓고

먼 미래를 향해
꿈틀거리면서 달려오는 푸르름이
능선의 핏줄을 타고 올라오면

녹슬어가는 별을 닦고
거칠어져가는 폭력을 꺾고
때묻어 더러운 마음도 빨아주는
하늘의 비눗물은 풀려
천관산 골짝마다 흘러라

버려진 골짝 사이에서
외롭게 살다 외롭게 죽을
가장 맑은 영혼을 위해
천하선경(天下仙境)의 호수도 하나 파놓고
옛날 한 옛날의 울음을 울며
오늘도 바다를 안고
새 하늘을 오르내린다.

〈천관산(天冠山) 오르내리며〉

햇무리로 돌고 있는 마니산

가파른 돌계단길 강화도 마니산 길
서해 바다 들여마시고 내뿜으며 오르노라면
드디어 참성단 앞에서
푸른 하늘 바라보네

나뭇잎은 동그라미로 날아다니다 떠오르고
바닷물로 철썩거리다 터져나는 동그라미들
저 멀리 수평선 끝에서
울려 퍼지는 팡파르

팡파르 메아리 따라 떠오르는 오색풍선
우리들도 풍선 되어 빙빙 돌다 날아오르고
어느 덧 햇무리로 돌고 있는
마니산 강화도여.

〈햇무리로 도는 마니산에서〉

• 참성단: 인천광역시 강화군 화도면 마니산의 맨 꼭대기에 있는
　　제단. 사적 제 136호.

월출산 품안으로

바위탑 쌓으면서
두 손 모아 빌고 있는 산

소망 몇은 푸른 숲으로
소망 몇은 꽃구름으로

서러운 기도의 말씀들은
물소리로 흘러가고

바위탑에 핀 연꽃송이
좁은 돌길 넓혀주고

연꽃 속에 떠오른 해
천 길 절벽 낮춰주고

싱그런 산울림 따라
새길 하나 굴러오는 산

나무들 관현악단
하늘 음악 연주할 때

바위탑도 빙빙 돌며
흔들흔들 춤추다가

머나 먼 새하늘 내려놓고
두 팔 벌려 안아주는 산.

〈월출산 등산길에서〉

민주주의 메아리치는 산

무등산 산길 타고
꽃피어난 민주주의

놈들이 민주주의 짓밟고 총질할 때
몸던져 돌멩이 다시 쏘며
피눈물 떨구던 길

거친 숨을 몰아
능선에서 능선 보면
거센 파도로 일어서는 민주주의

겹쳐진 산등성의 파도
산 하나 무너뜨릴 길에
사나이들 애국팬티 입고 모여 앉아
뜨겁게 뜨겁게 토론하다, 격론(激論)할 때
해 갈수록 더 크게, 멀리도 산메아리치는 민주주의여.

〈무등산 등산길에서〉

84

발길 따라 봄햇살이

아무리 많은 눈이 쌓였을지라도
겨울 산에 오면 보게 되리라
눈 밑으로 봉오리진 봄꿈을

아무리 얼음이 꽁꽁 얼었을지라도
겨울 산에 오르면 들으리라
얼음장 밑으로 흐르는 봄 숨결을

한겨울 새하얀 눈살 속으로 흐르는 소리
단단한 겨울의 뼛속을 흐르는 소리
속삭이며 들려오는 봄의 왈츠곡!

눈 속에서 맨먼저 봄의 숨결을 듣는 이
눈꽃송이로 피어 사분사분 내려오는 이
발길 따라 봄 햇살이 칭칭 감기는구나.

〈내변산 의상봉 골짝에서〉

샤르릉, 샤르르릉, 샤르르르

우리들 눈높이로 눈 쌓인
겨울산을 오르면
하늘의 음악을 들으리라
'샤르릉, 샤르르릉, 샤르르르'
'스르릉, 스르르릉, 스르르르'
저 하늘의 음악 소리

가파른 절벽길도
굽어진 내림길도
가볍게 오르내리게 하는
'샤르릉, 샤르르릉, 샤르르르'
'스르릉, 스르르릉, 스르르르'
저 하늘의 음악 소리

하늘 음악 꿈결 따라 올라가는 길
눈길에 별꽃으로 핀 토끼 발자국
눈밭에 굴러 내려오는 산까치 소리
산까치 소리로 피어난 절벽의 고드름꽃

눈밭에 뒹굴 듯 오르내리노라면
온몸에서 피어오르는 아지랑이 꽃
이마에서 흘러내리는 땀방울 꽃

'샤르릉, 샤르르릉, 샤르르르'
'스르릉, 스르르릉, 스르르르'
하늘의 음악을 들으며
눈 쌓인 겨울산을 오르는 일
가장 먼저 봄을 맞이하는 일.

〈내변산 눈 쌓인 하산길에서〉

노을의 궁전에서

하늘의 궁전에서
하늘이 옷 벗는 모습 보려면
좀더 높은 산에 오르면 되리라

붉으스레 타오르는 저 노을의 궁전에서
풍만한 가슴으로 이 세상 어둠을 안아주듯
내 몸을 옴쪽옴쪽 빨아들이는 저 하늘!
사랑의 물방울 배어드는 하늘의 속살을 보려거든
좀 더 높고 푸른 외변산에 오르면 되리라

이 화려한 하늘이 외로움에 멍들어 더 푸르러지듯
산봉우리도 외로움에 날마다 더 푸르러진다
하늘 푸르러진 만큼 별은 더 반짝거리다
그리움에 울 듯
산은 고요한 만큼 외로움에 못 견디고
물소리로 우는구나

머나먼 곳에서 종소리 아스라이 들려오듯
높은 산봉우리에서 들려오는 하늘의 목소리
높은 산속 노을의 궁전에서 하늘 옷 벗는 모습 보리라
하늘의 풍만한 가슴에 안겨 새 세상 꿈꿀 수 있으리라.

〈외변산 산길의 저녁노을 보며〉

한 줄기 꿈물결을

겨울산에 오르면 만나리라
한 줄기 낙숫물을 만나리라
추울수록 따스한 햇살 한 줌으로
소리없이 연방 떨어져내려
바위 속을 깊이깊이 뚫는…

두꺼운 빙벽 아래로 흐르는
한 줄기 꿈물결을 마시게 되리라.

〈내변산 직소폭포 길에서〉

꿈길 꿈틀거리는 산

산을 오른다
오를수록 미끄러운 길
오를수록 가파른 길
오를수록 피톤치드 칭칭 감기는 산을 오른다

지정된 길을 벗어나기 위해
지정된 장소를 떠나기 위해
얽매인 이 도시를 탈출하기 위해
가장 자유롭고 홀가분한 마음으로
후끈하게 달아오른 몸이 되어
겨울산을 오른다

서정주 시인은 방뇨(放尿)하기 위해
고향에 산을 사 두었다는데
산을 못 사는 나는
나만의 자유를 안고 뒹굴기 위해
더 높은 산을 오른다

산속은 한창 가을이다
억새꽃이 흰구름 조각처럼 나부끼고
골짝엔 낙엽들이 붉은 핏줄로 흐르고
내 몸 가지에도 힘살이 불끈불끈 솟구친다

'야호, 산봉우리다!'
이마의 땀방울을 훔치는 이 기쁨
가장 성스러운 자유를 누리며
마음껏 마셨다가 내뿜는 이 행복!
하늘은 내 머리 위에서
문득 가장 가까이 내려와 빛나고
저 머나먼 섬의 외로움에 멍든
쪽빛 물결은 가슴속에서 철썩거리고

오늘도 볕바른 산을 오른다
절벽길을 조심조심 오르내리는 스릴
꿈길이 꿈틀거리는 산을 오른다
푸른 하늘 머리에 이고 행복해 하며
산봉우리를 향해 힘찬 발길을 내딛는다.

〈내변산 등산길에서〉

푸른 꿈밭 안겨주는

늦가을 관음봉 길
양탄자 깔렸어라
양탄자 타고 오를수록
푸른 풀밭 펼쳐지고
양탄자 타고 내려올수록
안겨지는 한 옛날의 숲

더러는 낭떠러지에도
더 두터운 양탄자 길
엎드려 땀 펄펄 헐떡거리며 오를 때도
높푸른 하늘 한 자락 안겨
멀리멀리 날아가다

얼마 동안 오래 떠서
날아다니다 멀리 보면
해변의 새하얀 분숫물이여
물비늘이여
아둔한 내 등을 쳐서
푸른 꿈밭 안겨준다.

〈내변산 관음봉 오르는 길〉

한라산의 선녀님들

한겨울 한라산은 한 길 넘는 눈나라다
아이젠을 찼어도 푹푹 빠지는 눈나라다
오름길 구상나무들도 눈꽃송이 흩날린다

눈꽃송이 흩날리는 눈보라에 취해 보면
저 멀리 선녀님들이 봄바람 타고 온다
내 뜨건 목을 휘감고 쉬어가라 조른다

3시간 30분 만에 드디어 백록담에 안겼다
백록담 눈나라에 쏟아져 나오는 선녀님들
사르르 새하얀 옷자락을 너울거리는 선녀님들

어느 덧 선녀님 옷자락에 포옥 안겨
나도야 선녀 되어 사른사른 올라간다
흰구름 속 꿈결을 타고 봄바람에 안겨 난다

한겨울 한라산은 봄을 안은 선녀님들
훈훈한 봄바람에 땀방울 흘러내릴 때
소르르 꽃구름 타고 날아다니는 파란 하늘!

〈한겨울 한라산에서〉

언제나 푸르고 바르게 살아가라고 말하는 산길

제4부

소나무 숲길

소나무 숲길 1

울산바위 오르는 길 가파른 철계단길
비탈진 돌틈 사이 소나무 우거진 길
돌자갈 틈사리 뚫고
뿌리내린 소나무들

바위 틈 사이사이 앙상한 뿌리들 몇
뿌리 다 드러나도 푸른 잎은 키우는가
몸보다 뿌릴 더 튼튼히
키우시는 소나무 몇

송강(松江)은 뿌리를 배고 자다 신선(神仙) 되었다는데
뿌리에 걸터앉아 하늘 우러러도 난 속인(俗人)
얼마나 소나무 사랑해야
풍류객(風流客)이 될런가

100

높을수록 푸르게 우거지는 소나무 잎
척박할수록 튼튼하게 자라가는 뿌리들
이 뿌리 뻗어가는 곳곳
푸른 꿈은 우거지리.

• 송강(宋江) 정철 : 조선 선조 때 시인 정치인(1536-1594). 관동별곡,
  사미인곡, 속미인곡, 시조 등 다양한 작품이 있음.

소나무 숲길 2

솔바람 솔솔 부는
반월성 소나무 숲길
천 년 전 아이들이 뛰놀던 이 숲길을
잎 푸른 그 아이 되어
산길 오르내립니다

솔숲 길 오를 때마다
학 한 쌍씩 날아오고
학 떼들 날아갈 때마다
흰구름꽃 피어나고
저 멀리 꽃구름 사잇길
사뿐사뿐 걸어갑니다

솔바람 솔솔 타고 오르내리다 날 저물어
더덩실 둥근 달이 새 세상 펼쳐줄 때
고 밝은 신라 아이들
꿈을 안고 내려옵니다.

소나무 숲길 3

하늘 드높은 날
부신 햇살 칭칭 감으며
할아버지 따라 소나무 숲 가는 길

풀리는 햇살 사이
들리는 청솔바람소리
오늘도 일깨우는 소리
새로운 꿈 일으키는 소리

소나무 숲 걷노라면
몸 헹궈주는 청솔바람소리
출렁일 듯 하늘 물결
또롱또롱 굴러오고
가벼운 발길에 밟혀
터져나는 푸른 햇살.

소나무 숲길 4

남산 위 소나무 숲길
하늘 닿은 소나무 숲길
하늘 덮어 솔잎 하늘 펼쳐놓았네
저 멀리 자세히 올려다보면
가지마다 총총 빛나는 솔방울 별
우리들 날마다 오르고 싶은 소나무 숲길

소나무 푸른 하늘 아래
떡갈나무 단풍나무들도
쭉쭉 키 크며 푸르러지며
초록 잎 하늘나라 펼쳐놓았네
남산 위 솔방울 별꽃 핀 숲길은
우리들 날마다 오르고 싶은 솔솔 새 하늘.

소나무 숲길 5

관악산 소나무 숲 등산길 오르는 길
머리칼 빗질하며 쓰다듬는 솔잎 바람
푸르게 이어져 내려오는 할아버지 길 밝습니다

소나무 오솔길을 얼마쯤 걷다 보면
솔방울 주우면서 신나게 오르내리면
"언제나 푸르고 바르게 살아가야 하느니라"

할아버지 말씀 새기며 솔바람으로 오르면
말없는 바위들도 내 마음 다 아는 듯
팔벌려 안아주시며 쉬어 가게 합니다

바르고 늘 푸르게 살아오신 길을 따라
까매진 내 가슴을 헹궈내는 이 상쾌함
어느 새 다람쥐도 달려와 솔방울 물고 놉니다.

소나무 숲길 6

낙산사 오르는 길
소나무 숲 오솔길

푸른 잎가지 마다
연등꽃 피어나는 길

줄 서서 걷는 발길마다
빛구슬이 터져난다

관음상 뵈러 가는 길
소나무 숲 오솔길

초록빛 풀밭길 위
밀려오는 하얀 파도

부처님 가슴속 울림을
물보라로 꽃피우는 길.

소나무 한 그루

저 높은 절벽 끝
소나무 한 그루

비바람 눈보라에 더 푸르러져
흘러가는 꽃구름을 언제까지나 바라보다가
흘러가는 강물도 언제까지나 내려다보다가
하늘 하나 새롭게 펼쳐놓았구나

벼랑바위 위에서 홀로 살면서
흰구름꽃이 못되는 하얀 외로움에 멍들다가
밤하늘의 별꽃이 못되는 하얀 그리움에 멍들다가
슬퍼서 더 푸른 눈망울만 떨어뜨리는
우리 시대, 한 사내의 고운 꿈 넘쳐나는 삶이여

한 시대를 방황하는 나그네여
벼랑바위 위 소나무를
낭만적으로만 바라보지 말아라
그대의 흐느끼고 있는 하얀 영혼을
올려놓지도 말아라

우리들의 서글픈 삶
되고 싶어도 못 되는 삶에 멍들어야 함을
차라리 낙엽으로 떨어져 사라져가지 못함을
외로움과 그리움으로 노래하면서
비바람 눈보라에 흔들리면서 살아가는구나
세월의 깊이 만큼 흔들리면서 살아가는구나.

늙은 소나무 안마해주기

개웅산 소나무 숲길
오름길 내림길에
산길 가로지른
늙은 소나무 뿌리들
조심해, 조심조심 거닐어도
뿌리들을 밟았네

간지러워 간지러워라
조근조근 밟아라
간지러우면서도 우스워라
신난다 재미있어라
조금 더 조곤조곤 밟아라
모처럼 받는 발맛사지

간지러워 으흐흣, 퍅퍅
신이 나서 뒹굴고파
발맛사지 이러코롬 좋아
하하하 웃음보 터지는 걸
할머니 안마해주듯 자주 밟아
조곤조곤 발맛사지해 다오.

아기 소나무

새해 첫날 새 아침은
아기 소나무에 쌓인 눈꽃송이로
맨 먼저 동이 터 오른다

설악산 대청봉 가장 높은 바위 위
분재보다 아름다운 아기 소나무 눈꽃송이에
새해 새 아침이 반짝거린다
새해의 푸른 꿈이 솟아올라 타오른다

우리나라 산봉우리 바위들이 키워낸
아기 소나무 위 눈꽃송이는
눈부신 아침 햇살 꽃송이로
새 하늘을 활짝 열어주고 있구나

우리나라 산봉우리 보호해 주는
아기 소나무 푸른 솔잎은
송이송이 눈꽃송이 꽃피워 놓고
가장 먼저 새 해님을 들어 올리고 있다.

뻗어나가는 우리 소나무들

일본이 자랑하는 리츠린공원 소나무 숲길
뻗어나갈 소나무들 주리틀 듯 묶고 엮어
한사코 나뭇가지 비틀어
동쪽으로 돌려놓다니!

하늘 닿을 듯 쭉쭉 뻗은 금강솔을 모르는가
봉화군 춘양면의 금강솔숲 거닐어 보라
늘 푸른 솔숲 물결소리
가슴속에 새겨 보라

푸른 잎 물결에서
솔숲 향기 속에서
쭉쭉 뻗어 우주(宇宙)로 나가는
한국의 기상(氣像)
그 기상 비틀어 맬수록
쫙쫙 뻗어나가는
우리나라 소나무들.

꿈틀꿈틀 용이 되어

소나무 숲길 따라
의림지 걸어가는 길

발걸음 옮길 때마다
칭칭 감기는 피톤치드

나도야 몸과 마음 가볍게
꿈틀꿈틀 올라간다

삼한시대 만들어진
의림지엔 용꿈들이

역사 속에 꿈틀꿈틀
푸른 꿈들 꿈틀꿈틀

소나무 타고 하늘 오른다
꿈틀꿈틀 용이 되어.

〈의림지 소나무 숲〉

푸른 물결 철썩이는 도봉산 따라

비온 뒤 청자 하늘
둘레둘레 푸른 잎들

소나무처럼 걷는 길
푸른 공기 마시는 길

큰 바위 얼굴보다 더 큰
자운봉님
만장봉님

우뚝 솟은,
저 멀리 어깨동무한 산봉우리야
흰구름 피어나는 산신령님 같은 산봉우리야
서울을 안고 흐르는 흰구름 속 산봉우리야

이렇게 꿈틀거리는 저 팔뚝들을 보아라
솟구치는 힘살, 일어서는 팔 다리 아래
쌓여진 성냥갑 아파트를 들었다 놓았다 할 듯

오르내리는 우리들 힘 길러주는 산봉우리님
먼지 낀 마음까지 헹궈주는 푸른 바람 따라
저 멀리 서해 푸른 물로
철썩거리는 능선이여.

산을 오르면

산을 오르면
올라온 만큼
문득 더 커진 나의 키

저 멀리 고층 아파트들도
발밑으로 쌓인 성냥갑처럼
내려다보이고

산봉우리에서
두 손을 활짝 펴면
나뭇잎처럼 피어나는 흰구름꽃!

산을 오르면
산봉우리보다 더 높아진
나의 마음
그 높고 깊은 마음속에서도
몽그레몽그레 피어나는
꽃구름송이들.

등산

산봉우리 힘
발바닥에 칭칭 감고
오르는 길

산능선의 힘
허벅지에 칭칭 감고
내려오는 길

나무들 초록빛 꿈물결
칭칭 감는
이 행복!

한겨울 복면강도 떼

귀마개 쓰고,
마스크 쓰고,
겨울 모자 눌러쓰고
한겨울 등산길 올라오는 사람들
두 눈만 탱글탱글
살아 움직이는 빛이 산봉우릴 다그친다

무엇을 훔치러 몰려올까
한 줄로 서서 쌕쌕거리며
한겨울 속 뭐 훔칠 게 있다고
다 벗은 나무들은 덜덜덜 떨고 있고
산토끼들도 동굴에서 덜덜덜 떨고 있고
풀잎들, 나무들도 실뿌리 톡톡 불거진 채 떨고 있는데

아, 이제야 알겠다
한겨울 복면강도들은
강추위 속 봄을
봄의 예쁜 꿈을
품고 가려 몰려오나 보다
봄꿈 나누어 가지려 몰려오나 보다.

바위 타기

산을 오르다 바위를 탄다

이끼꽃 꽃피워놓은 태고(太古)의 아름다움

바위의 세포마다 그 아름다움이 살아 숨쉰다

굳고, 곧고, 바른, 가장 성스러운 분

가장 존경하는 옛 성인(聖人) 한 분 만난다

그 굳고, 곧고 바른 성인과 만나는 내 영혼

수천 년 동안이나 살아 계신

가장 성스러운 옛 성인의 품 안에 든다

조심조심 몸과 마음을 맡기고

서서히 아주 서서히 조금씩 조금씩

조심조심 나를 밀어 본다

잠시나마 그 높은 정신과 일치시켜 본다

부끄러운 나를 용서받듯 슬그머니 일치시켜 본다.

나무 등걸

산신령님 손 같은
나무 등걸 하나
천만 년 살아계신
가장 힘센 손

헉헉거리며 오르는 사람들
손잡아 살짝 올려주고
쓰러질 듯 내려오는 사람들
손잡아 살짝 내려주고

오르내리는 사람들
손때 다 씻어주고
고마움에 뭉클해지는
꺼면 나무손 하나.

반가운 손님 모셔오는 나무

우리 동네 개웅산
플라타너스 한 그루
집이 한 채도 없는
나무들도 많은데
까치집 세 채나 지어
더덩그레 사는구나

푸른 잎 나풀나풀
꿈물결 흐르는 나무
날마다 새 소식을
전해주는 까치소리
날마다 반가운 손님
모셔오는 한 그루.

푸른 꿈 심으며

비탈진 백운산을
쓰러질 듯 오르내리며

곡괭이로 파고 파며
다듬으며 거름주며

푸른 꿈 어루만지며 심는다
나란나란 심는다

쭉쭉 자라 푸르름으로
너덜겅 다 덮으려나

나 하늘나라 간 뒤에
하늘나라 새 떼 몰려와

푸른 나라 새 세상 노래하며
푸른 꿈 펼쳐주리.

하늘 아래 또 하나 하늘

초록 잎들 꿈방울로
피톤치드 뿜어주며
하늘 아래 또 하나
하늘 펼쳐놓았네

이 세상 새로운 세상
초록 물결 흘러넘쳐

침엽수림 거닐다가
씻겨나간 가슴 속 때
활엽수림 빙빙 돌다
푸른 옷 입고 날다

날수록 높은 꿈 칭칭
감기다 흘러넘쳐

푸른 골짝 사이사이
물소리 콰알 콸콸
나무와 나무 사이
푸른 꿈결 콰알 콸콸

숲길 속 나무들 사이,
골짝 사이 걸린 무지개여

우리 앞에 밝은 내일
꿈을 펴는 홍릉숲
푸른 나라 푸른 꿈
가꿔가는 홍릉숲 속

저 하늘 아래 또 한 하늘
펼쳐주는 유토피아여.

〈홍릉숲에서〉

기둥의 나라

검붉은 기둥들이
우뚝우뚝 솟아 있구나
검푸른 잎 물결이
일렁일렁 출렁이는구나
내 나라 새집 지을 기둥들
쑥쑥, 쭉쭉 자라는구나

반만년도 더 높이높이
솟아오르는 기둥의 나라
하늘 닿도록 길이길이
뻗어나가는 기둥의 나라
피보다 더 붉은 꿈물결
뿌려주며 사는 나라!

새 나라 새집 지어
새 세상 여는 나라
새 하늘 받들면서
새롭게 사는 나라
소광리 금강소나무숲 나라
붉은 기둥 솟는 나라.

〈소광리 금강소나무숲에서〉

꽃구름이 오색풍선 되어 동동 떠다니는 산길

제5부

초록 숲길

초록 숲길

너와 함께 도란도란
초록 숲길 거니노라면
저 멀리서 땀 흘리며 달려오다 먼저 떠난
초록 잎 네 환한 모습
달려오고 있어라

설레이다 떨리는 사랑 안고 웃고 있는 빛
터질듯한 추억 안고
하늘길을 헤매느냐
초록빛 네 고운 눈빛
강물처럼 흘러간다

초록빛은 눈에 넣을수록 더 밝아오는 빛
초록 잎 타고 초록빛 안고
초록나라 가고파
타오른 그리움에 떨며
네 마음속 거닐고파

거닐수록 하늘 높고
네 모습 그리운데
초록 물결 헤치고 헤쳐내며 솟구치는
네 모습
초록빛 고 순결을
가슴 안고 살아가리.

물결치는 초록 잎새

연초록 물결 일렁이는
5월 숲에는 은방울꽃이
초록 잎 뒤에 숨어 피어 있어라

초록 물결 일렁이는
초록 숲속 잎새에는
7색 무지개 빛깔보다 곱고 아름다운
옅초록, 연초록, 맑초록, 밝초록, 짙초록, 진초록, 깊초록
7색 초록 물결 빛깔이
가장 높고 푸른 하늘의 꿈 빛깔인 듯
천사님 웃음 물결이 일렁이고 있어라

아, 초록방울의 새소리도 굴러라
나무마다 층층이 일곱 빛깔 초록 물결 흔들며
5월 하늘을 흐르고 있어라
하늘 가득 일렁이며 출렁이다
파문지며 멀리멀리 퍼져나가고 있어라
내 가슴속에 멀리멀리 물결치고 있어라.

〈수리산에서〉

푸른 물결 출렁이는 길

하늘 닿을 듯 쭉쭉 뻗은
가로수길 거닐면서
웃음꽃 피우노라면
양 팔에 잎 솟아난다
신나서 흐르는 땀방울로
가로수길 뻗어나간다

이 푸른 가로수길
길마다 쭉쭉 뻗어
이 나라 가파른 길
푸른 잎 뒤덮어라
푸른 잎 우거진 가로수길
걷는 사람 많아지리

쭉쭉 걷는 발길마다
새로운 힘 솟구치리
쭉쭉 뻗어나가는
가로수마다 잎 물결치리
이 나라 가는 곳 곳곳마다
푸른 꿈결 출렁이리.

〈남이섬에서〉

소리치며 노는 초록빛 나라

연두빛 잎새들이
나무마다 골짝마다
봄노래 합창하며 신나게 놀고 있다
초록빛 동그라미 속에 웃고 있네,
귀여워라

연초록 웃음은
우리 집 막내 동생
짙초록 웃음은
유치원생 내 동생
진초록 웃음은 중학생 오빠의 웃음꽃

나무마다 웃음소리
더 가까이 들려온다
초록빛 속 산벚나무
새하얀 벚꽃송이
새하얀 하늘나라가
동그라미 타고 온다

동그라미들 굴러오다
손짓하며 장난친다
초록빛 하모니소리
동생들 웃음소리
한 아름 초록 꿈 안고
소리치며 모여 논다.

교목(喬木)에게

너덜겅 가파른 길 절벽길 넘고 넘어
산봉우리에 우뚝 솟은 이 시대의 교목 하나
비바람 눈보라도 온몸 던져 맞부딪쳐 이겨내시고

잡목 숲 기름진 땅 부러워하지 마시고
산봉우리 정상에서 당당하게 일하세요
언젠가 푸른 하늘 이고 내려올 준비하세요

보이려는 치장 같은 잎은 다 떨쳐버리고
구질구질한 생각 같은 잔가지도 다 떨쳐버리고
겉과 속 다른 사람 보기 싫어 겉껍질도 벗었습니까

눈 부릅뜬 산봉우리 올곧은 생각 몇은
우뚝우뚝 치솟다가 저 하늘도 뚫겠구료
저 푸른 하늘 잘 받들어 흰구름꽃 꽃피우고

푸른 잎 잘 키우지 못한 죄를 안고 울다
한여름 불벼락을 용케 맞고 쓰러지시더니
결 고운 책상이 되어 책과 함께 사시는구료.

510살 먹은 산신령 선생님

510살 된 느티나무는 산에서 내려온 산신령 선생님이시다
510살 넘도록 아직 지팡이도 안 짚고 곧게 서 계시며
하얗다 하얗다 못해 해 갈수록 점점 푸르러진 긴 머리칼
20대 청년보다 더 청년, 아이들이 좋아하는 산신령 선생님

아이들이 좋아 초등학교 근무하시는 산신령 선생님
아이들이 가장 닮고 싶은 푸른 청년 산신령 선생님
덕유산 초록 꿈 안고 등하교길 아이들 머리 쓰다듬으시며
아이들에게 초록 꿈 하나씩 나눠주고 계시는 산신령 선생님

눈을 들어 저 멀리 덕유산 산봉우리들을 바라보시며
덕유산 능선에 꿈틀꿈틀 꿈틀거리는 힘을 끌어오시어
산봉우리들마다 안고 있는 힘을 하나씩 빠짐없이 다
오늘도 등하교길 어린이들에게 고루 나눠주고 서 계시는
우리 모두 배우고 싶고, 닮고 싶은 푸른 산신령 선생님

오늘도 산신령 선생님께 배우는 푸른 꿈의 아이들은
산신령 선생님 닮아 푸른 꿈이 빛나는 계북 아이들은
공부 잘하고 운동도 아주 잘하는 쩌렁쩌렁한 아이들 되어
초록 꿈을 하나씩 안고 날마다 덕유산 산봉우리
올라가는구나
검푸른 산신령 선생님 어깨를 딛고 높푸른 하늘
올라가는구나.

〈계북초등학교 느티나무〉

하늘나라로 달려라

눈(雪) 쌓인 산길 따라
금강굴 오르는 길

아슬아슬 낭떠러지
철계단 오르는 길

내설악 깊은 골짝의 눈빛
보석처럼 눈부시고

땀방울 훔쳐내며
따슨 손잡아 끌며
눈빛과 속삭이며
눈 속 새순 품에 안고
눈나라 풍선을 타고
새봄 안고 떠돌아라

보아라,
저 백마 떼 말갈기를 바라보라
설악 능선 타고 하늘로 튀어오르는 모습을
저 파란 하늘 자락 입에 물고
내려오는 모습을!

꽁꽁 언 빙벽(氷壁) 깨뜨려
하늘 자락 휘날리며
품 안으로 뛰어들어
봄꿈 하나 심었느냐

달려라,
우리들 하늘나라로
말갈기 곧추세워.

〈겨울 설악 금강굴에서〉

동동 떠다니는 우리들

푸른 잎 물결치는
산봉우리 물결 소리
꿈길 타고 꿈틀대며
솟구치는 힘의 절정
저 너머
아스라한 하늘로
뻗어나가는 산봉우리들

햇살 안은 봉우리들
밝게 웃는 부처님들
그 환한 웃음결이
물결치며 흘러오고
꽃구름 오색풍선 되어
동동 떠다니는 우리들

잎 한결 더 푸르러지고
햇살 한결 환해지고
솟구치는 힘을 받아
앞으로 나가는 길엔
우렁찬 소리들 터져나와
한 하늘을 안고 간다.

〈초여름 설악 금강굴에서〉

새벽 등산

여명(黎明)과 함께 오르는 산
별은 다 내려와 이슬로 반짝거리고
오를수록 흘러내리는 하늘의 물소리
간밤 내내 꾼 당신의 고운 꿈은
순금빛 햇살 따라 풀향기로 퍼져나가고
그 향그러움 속에 안겨오는
이 세상에서 가장 높고 깊은 고요 하나
가슴속에 깊이깊이 안겨옵니다
산봉우리의 외로움 같은 고요
푸른 하늘의 그리움 같은 고요
가장 성스러운 고요 하나
내 영혼 속에 잠시나마 안겨 있습니다
새벽 산길 오르는 동안
새벽 하늘 바라보는 동안.

개웅산 오솔길

오를수록 더 자주 오르고 싶은 산길
개웅산 소나무 숲 나만의 오솔길
푸른 꿈 개웅산 누각에서
맑은 바람 마시다

내려가는 오솔길 안아주는 푸른 잎들
참나무, 밤나무. 아카시아, 싸리나무…
내 또래 된 나무들이
손 까불며 반가운 길

날마다 오르내릴수록 더 정다운 개웅산길
나무들 손 흔들다가 온몸을 안아주는 길
나무들 웃어주는 언덕길
푸른 잎의 개웅산길.

오방색 하늘 피어오르는 백두산

와, 하늘이 겹겹 쌓여 있었구나
새하얀 꿈물결이 일렁거리고 있었구나
아, 드디어 할아버지와 나도 백두산 천지연에 섰구나
할아버지도 나도 가슴이 두근거리고 있었구나

하늘보다 푸른 물결, 하늘보다 깊은 물결
푸르다 푸르다 못해 검푸른 물결
백두산이 새하얀 꿈결로 출렁거리는구나
천지연이 검푸른 물결로 일렁거리는구나

백두산 빙 둘러 하얀 바위
백두산 빙 둘러 황금 바위
백두산 빙 둘러 붉은 바위
백두산 빙 둘러 푸른 바위
백두산 빙 둘러 검은 바위

빙 둘러 오색 깃발 팔랑팔랑
태극기도 팔랑팔랑 펄렁펄렁
산봉우리엔 꽃구름 연방 피어오르고
꽃구름 위엔 오방색 하늘 피어오른다
못 보고 죽을 백두산을 보고 죽게 되어
할아버지 가슴이 연방 쿵쾅거린다 하신다.

〈백두산 천지연에서〉

외롭고 심심한 금강산

금강산은 외로움이다
너무도 심심한 나머지
아슬아슬 산등허리에
개구리야, 토끼야, 거북아…
만들어 놓고
일만이천 산봉우리
울긋불긋 세워놓고
오르내리며 건너뛰며
아이들과 장난치며 놀고 있다
외로움과 심심함을 달래고 있다.

한라산 구상나무

한라산 구상나무는 난쟁이 키다
아랫도리에 끙끙 힘을 쓰며 서있다
작달막한 팔에서도 끙끙 힘을 쓰다
알통이 울퉁불퉁 솟아올라 있다

난쟁이 키, 작달막한 팔과 다리로
비바람을 용케도 버티어 이겨낸다
솔잎보다 아주 짧고, 총총 박힌 잎으로
한라산 부둥켜안고 한 걸음씩 올라간다

올라가다 힘들면 바위 위에 앉아 쉬다
물 한 모금 마시며, 까마귀 음악 감상하며
난쟁이 걸음으로 쉬엄쉬엄 올라간다
꽃구름 허리에 두르고 천천히 올라간다.

산에서 배우는 진정성

오순택(시인·아동문학가)

1. 인생의 정수를 꿰다

산을 오르는 것은 구도를 위한 여정이다. 산을 오르면서 우리는 삶의 진정성을 배운다. 산을 오르며 산에게 묻고 산에게 듣는다.

산새들이 노래할 땐 산도 귀를 쫑긋 세운다. 산을 오르는 사람들에게 마음을 열어 주는 산, 그래서 우리는 산에 동화한다.

이준섭 시인이 산을 주제로한 시집 『산의 말씀』을 상재했다. 이 시집엔 모두 80편의 시가 담겨있다. 『산의 말씀』 첫 머리에 놓인 작품 「산의 말씀」은 서시(序詩)라고 할 수 있다.

"산을 오르는 일은 / 조심조심 살아가야 할 삶을 배우는 일 / 조심조심 올라가기도 힘들고 / 조심조심 내려가기도 떨리고 // 함부로 올려다보지도 말아라 / 함부로 내려다보지도 말아라 / 힘을 잘 절제하면서 / 힘을 꼭 써야할 곳 알아내면서 / 말없이 푸른 잎 키우기에 열중하라 / 너무 튀지 않는 삶의 자세를 가져

라"(첫 연과 둘째 연)

이 작품은 경구 같고 또 달리 보면 인생의 정수를 꿰어 놓은 것 같기도 하다.

셋째 연 "함부로 서둘지도 말고 / 함부로 주저앉지 말고 / 하늘 하나 가장 가까이 모셔두고"라는 구절에선 시인의 생각이 진하게 묻어난다.

2. 산은 사람을 품고 사람은 산을 품고

이준섭 시인이 전국의 유명한 산을 섭렵했다는 것은 삶을 진하게 가꾸기 위해서이다. 그의 시를 읽어보면 알 수가 있다.

"산을 오르면 / 숨겨진 절벽 끝 / 도인(道人) 한 분 만날지니 / 빈 방에 홀로 살며 / 눈썹 끝에서 흰구름꽃 피어나는 / 머리카락 끝에서 솔향기 피어나는 / 도인 한 분 만날지니"「벼랑바위의 도인(道人)」첫 부분.

"산을 사랑하는 사람아 / 산의 울음소리 들었는가 / 강물보다 더 멀리멀리 흘러가는 / 산의 푸른 울음소리 들었는가 / 끝없이 흐르고 흘러가다 / 바다보다 깊은 슬픔이 되어 / 산자락보다 크게 울어대는 노도(怒濤)소릴 들었는가"「외로움에 우는 산」첫 부분.

「벼랑위의 도인」에서는 삶의 향기를, 「외로움에 우는 산」에서는 삶의 푸르름을 터득한다.

〈내려갈 때 보았네 / 올라갈 때 보지 못한 / 그 꽃〉이라고 어떤 시인은 노래했다. "빈 산은 비어서 가득 차 있듯 / 빈산 그대로 두고 내려가는 그대는 / 푸른 꿈으로 가득 차서 넘쳐나는구나 / 푸른 잎으로, 새소리로, 흰구름으로 / 물소리로 흘러 흘러서 가는구나 / 맑고 맑은 물소리로 흘러가는구나."「다 그대로 두고 내려가거라」의 끝 연에서 보듯 올라갈 때 보지 못한 그 꽃을 내려갈 땐 볼 수 있다는 것. 그것이 인생이다.

〈삶=등산〉이라는 등식을 이준섭 시인이 시를 통하여 넌지시 우리에게 알려 준다.

"낙엽지는 가을엔 / 저녁노을 물든 풀섶에 귀 기울여 보아라 / 풀섶마다 낙엽 속마다 부석거리는 소리 / 고슴도치들 겨울 준비 위해 먹이 저장하는 소리"「산 속에 사는 행복」에서 보듯 한겨울 적막한 산속에서 살아가는 하찮은 생명들에게까지 마음이 쓰이는 것은 산을 사랑하는 사람만이 가지는 따뜻한 배려가 아니겠는가.

산은 사람을 품고 사람은 산을 품는다고 했던가.

"산을 오르는 일은 / 산이 되어 보는 일이다 // 하늘 닿을 산봉우리 서너 개 눈높이로 세워놓고 / 산봉우리 오르내릴 능선일랑 팔다리로 길게 뻗혀놓고 / 폭포 한 개쯤은 사타구니 깊은 곳에 숨겨 놓고 / 깊을수록 물 맑은 골짝일랑 가슴 속 깊이 흐르게 해라"「경전(經典)을 노래하는 산」첫 부분.

산이 영원히 변치 않는 법식과 도리를 적은 책 : 경전(經典)이다. 그런 경전 하나쯤은 빌며, 외우며, 노래하며 살아가란다.

3. 산은 비어서 가득 차있다

《설악산 등산의 행복》이란 제하의 제1부엔 설악산을 노래한 시가 16편 들어있다.

이준섭 시인이 그만큼 설악산을 사랑하고 있다는 반증이리라. 설악산 주전골, 대청봉, 울산바위, 만해마을, 흔들바위, 천불동, 대승폭포, 토왕성폭포, 겨울 설악산을 노래한 시편들이다.

"빈 산은 비어서 가득 차 있듯 / 빈 산 그대로 두고 내려가는 그대는 / 푸른 꿈으로 가득차서 넘쳐나는구나 / 푸른 잎으로, 새소리로, 흰구름으로 / 물소리로 흘러 흘러서 가는구나 / 맑고 맑은 물소리로 흘러가는구나." 설악산 만해마을 산책로에서 얻은 「다 그대로 두고 내려가거라」 끝 연이다.

또 「설악산 밤 등산길」의 처음은 이렇게 시작된다. "설악산 밤 등산길 / 오를수록 가까이 내려오는 별꽃밭 / 혹은 깎아지른 바위에서 반짝거리고 / 혹은 단풍나무 잎새에서 반짝거리고" 또한 설악산 대승폭포 앞에선 "빙벽의 겨울산은 말이 없다 / 안으로 겹겹 문을 닫아 걸 뿐 / 말이 없다 // 하얀 꿈의 빙벽 위에 / 연일 쏟아지는 눈발 / 우지끈! 솔가지 부러지는 소리에 / 한 겹 더 문을 닫아 놓는다"라고 노래하기도 하고 천불동 골짝에선 "당신이 올라간 산의 높이 만큼 / 높고 푸른 산봉우리 하나 / 당신의 가슴 속에서 살아간다"고 노래한다.

한겨울 설악산은 어떤가.

"한겨울 강추위에도 / 초록 물결 일렁이는 산 // 눈보라 거셀
수록 / 일렁일렁 / 출렁출렁 // 한겨울 / 초록빛 물보라로 / 무
지개 띄워주는 산"이다.

그래서 설악산을 천의 얼굴을 한 산이라고 한다.

4. 여유와 생의 꼭짓점이 있는 곳

제2부 《지리산의 품에 안기는 행복》엔 지리산을 노래한 작품
7편이 들어 있다.

「성결(聖潔)의 샘 찾아」에선 "내 몸 깊은 곳 어딘가에 / 깊고 깊
은 비밀 하나 숨겨져 있듯 / 우리 산 속 깊은 곳 어딘가에도 /
깊고 깊은 동굴 하나 숨겨져 있다."라고 노래하고 「물소리 칭칭
감고」에선 "산을 오르면 / 맑고 고운 골짝 물소릴 / 온몸에 칭칭
감고 오너라 / 시커먼 양심의 떼를 맑고 곱게 씻고 / 온몸에 물
소릴 칭칭 감고 가거라."며 골짝 물소리에 세파에 찌든 떼를 씻
으라고 한다. 그런가하면 「고독이 좋은 하룻밤」에선 "산에 오르
면 / 하룻밤은 자거라 / 산이 되어 달을 품어안고 자보거라" 산
속 맑은 물소리를 온몸에 감고 하룻밤 산의 정령을 품으라고 한
다.

「산 속 절의 품안에 안기는 행복」에선 "푸른 숲 속에 절하나
품어안고 / 얼마나 감사드리며 행복해 하며 / 날마다 기도하며

살아가는 삶을 / 배우는 즐거움 또한 많기도 하구나"라며 절하나 쯤 품어보란다.

　"산을 오르면 / 구름나라에 여행할 수 있으리라 // 산등성마다 조금씩 다르게 / 산길 따라 피어오르는 꽃구름송이들 / 흰구름, 뭉게구름, 양떼구름, 비단구름, 안개구름, 새털구름, 노을구름" 산을 오르면 구름나라까지 갈수 있고 구름과 교감을 나눌 수도 있단다. "푸른 하늘에 흰구름 커튼을 치고 / 일렁거리는 초록물결 침대에서 / 물소리의 음악을 크게 틀어놓고 / 햇빛구슬로 방울방울 땀도 흘리며 / 섹스를 즐기고 있는 산짐승을 보아라 / 나무들의 거친 숨결을 다 마셔 보아라"라고 노래한「수평선 꿈 끌어올리는 행복」에선 여유와 생의 꼭짓점에 이르는 법을 제시한다.

5. 산을 오르는 사람이 가져야할 덕목은?

　제3부《산이 좋아 두루두루》에선 청량산, 북한산, 관악산, 도봉산, 운악산, 덕유산, 청계산, 문수산, 천관산, 마니산, 월출산, 무등산, 내변산 등 전국 유명산을 우리의 가슴속으로 불러들인다.

　바위탑 쌓으면서 / 두 손 모아 빌고 있는 산 // 소망 몇은 푸른 숲으로 / 소망 몇은 꽃구름으로 // 서러운 기도의 말씀들은 / 물소리로 흘러가고 // 바위탑에 핀 연꽃송이 / 좁은 돌길

넓혀주고 // 연꽃 속에 떠오른 해 / 천 길 절벽 낮춰주고 //
싱그런 산울림 따라 / 새길 하나 굴러오는 산 // 나무들 관현
악단 / 하늘 음악 연주할 때 // 바위탑도 빙빙 돌며 / 흔들흔
들 춤추다가 // 머나 먼 새하늘 내려놓고 / 두 팔 벌려 안아주
는 산.

—「월출산 품안으로」 전문

월출산은 "바위탑 쌓으면서 / 두 손 모아 빌고 있는 산"이란
다. "싱그런 산울림 따라 / 새길 하나 굴러오는 산 // 나무들
관현악단 / 하늘 음악 연주할 때"라는 월출산은 달이 뜨는 산
이다.

산봉우리는 하늘이다 / 산봉우리에 함부로 올라서지 말아라 /
저 하늘을 산 높이로 받들고 / 어떤 비바람 눈보라에도 / 더욱
의젓한 자세로 / 오늘도 가장 가까이에서 하늘 우러르며 / 오
늘도 우리들 자유와 평화를 위해 빌며 / 푸른 꿈을 반짝거리
고 있는 하늘이다 / 산봉우리에 함부로 올라서지 말아라.

—「산봉우리 함부로 올라서지 말아라」 전문

봉화에 있는 청량산을 노래한 작품이다. 청량산은 하늘이라
며 함부로 산봉우리에 올라서지 말라고 노래한다. 흙 묻은 발로
청량한 영산을 오르는 것은 꿈을 반짝거리고 있는 하늘에 대한
예의가 아니라는 것이다. 산에 대한 공경심. 그것이 산을 오르
는 사람들이 가져야 할 덕목이 아닌가한다.

산등성마다 흰 눈으로 쌓여 있다가 / 산골짝마다 폭설로 쌓여 있다가 / 실개천마다 얼음꽃으로 피어 있다가 / 기나긴 겨울밤 엎치락뒤치락하다가 / 울다 지쳐 잠들어 꿈꾸다가 꿈깨다가 / 가슴 속 뜨건 사랑 하나 그리워하다가 / 더 높고도 깊은 꿈의 빙벽을 세우다가 / 봄비로 그리움의 눈물 줄줄 흘리다가 / 가지마다 초록 잎으로 터져나오다가 / 진달래 철쭉으로 황홀하게 타오르다가 / 기다림의 절벽에서 소나기로 쏟아지다가 / 문득 폭포로 쏟아져내리는 산의 외로움을 보아라 / 마침내 산사태로 무너져내리는 산의 봄꿈을 보아라.

– 「산의 봄꿈을 보아라」 전문

몇 차례 봄비 다녀갔는데 / 가지마다 초록 잎 터져 나왔는데 / 진달래 산철쭉 산자락마다 피어났는데 / 새들도 봄꿈을 종알종알 종알거리는데 / 산봉우리의 너털웃음 멀리서 들려오는데 / 숲속엔 해해낙낙거리며 박수소리 들려오는데 / 골짝물은 산의 축제 소식 실어나르기 바쁜데 / 산길 몇은 풀향기와 꽃향기로 취해 숨 막히는데 / 산새들과 산짐승들 짝짓기에 황홀하기만 한데 / 산길 오르내리는 연인들도 사랑을 속삭이는데 / 정말 오랜만에 만난 바위 몇 술잔 부딪치는데 // 임을 못 만나 죽고 싶은 절벽 하나 울고 있었구나! / 외로움에 부르르 부르르 떨다가 뛰어내릴 듯하더니 / 그리움과 외로움에 멍든 가슴, 쩡! 금이 가버렸구나.

– 「그리움에 금간 가슴」 전문

「산의 봄꿈을 보아라」는 북한산을, 「그리움에 금간 가슴」은 관악산을 노래한 작품이다.

이 두 산은 서울을 품고 있는 산이다.

봄비로 초록 잎 틔우며 진달래로 황홀하게 타오르는 봄의 찬란함을 노래한 봄의 북한산이나 "산길 몇은 풀향기와 꽃향기로 취한" 관악산의 봄은 언제나 우리 곁에서 깊은 향기로 함께한다.

또 청계산은 시인의 눈에 이렇게 담긴다.

"산길 내려오다 보면 / 산자락 끝 어디쯤 / 반쯤 무너진 빈 집 몇 채 버려진 / 마을 하나 만날지니 / 아이들 재잘거리던 고샅길엔 / 강아지풀만 우거지고 / 고향의 향기 모람모람 품어 올리던 굴뚝엔 / 산짐승들만 들락거리는 마을"이 우리 곁에 있는 청계산이란다. 그 청계산이 왜 이렇게 상처를 안고 있는가. 산을 오르는 사람들은 한번 쯤 깊이 생각해 볼 일이다.

시인은 내변산 눈 쌓인 하산 길에선 음악에 취하기도 하고 천관산을 오르면서 깊은 사색에 잠기기도 한다. 무등산에선 거센 파도로 일어서는 민주주의를 확신하고 덕유산 골짜기에선 타는 목마름을 해소한다. 외변산 산길의 저녁노을을 보면서 하늘의 풍만한 가슴에 안긴다. 도봉산 산길에선 산 능선들이 한마음으로 산봉우리를 받들고 있음을 보고 자유와 낭만, 그리고 행복이 있어 우리의 삶이 아름답다는 것을 배운다.

산은 그렇게 이준섭 시인의 삶을 진솔하게 가꿔준다.

6. 송강 정철을 따라가는 숲길

제4부 《소나무 숲길》에선 소나무 숲길을 걸으며 삶을 반추한다.

"송강(末江)은 뿌리를 배고 자다 신선(神仙) 되었다는데 / 뿌리에 걸터앉아 하늘 우러러도 난 속인(俗人) / 얼마나 소나무 사랑해야 / 풍류객(風流客)이 될런가"「소나무 숲길 1」일부.

"솔바람 솔솔 부는 / 반월성 소나무 숲길 / 천 년 전 아이들이 뛰놀던 이 숲길을 / 잎 푸른 그 아이 되어 / 산길 오르내립니다"에서 보듯 반월성 소나무 숲길에선 꿈을 안고 자라는 신라 아이들도 만난다.

새해 첫날 새 아침은 / 아기 소나무에 쌓인 눈꽃송이로 / 맨 먼저 동이 터 오른다 // 설악산 대청봉 가장 높은 바위 위 / 분재보다 아름다운 아기 소나무 눈꽃송이에 / 새해 새 아침이 반짝거린다 / 새해의 푸른 꿈이 솟아올라 타오른다 // 우리나라 산봉우리 바위들이 키워낸 / 아기 소나무 위 눈꽃송이는 / 눈부신 아침 햇살 꽃송이로 / 새 하늘을 활짝 열어주고 있구나 // 우리나라 산봉우리 보호해 주는 / 아기 소나무 푸른 솔잎은 / 송이송이 눈꽃송이 꽃피워 놓고 / 가장 먼저 새 해님을 들어 올리고 있다.

– 「아기 소나무」 전문

산을 오르면 / 올라온 만큼 / 문득 더 커진 나의 키 // 저 멀리 고층 아파트들도 / 발밑으로 쌓인 성냥갑처럼 / 내려다보이고 // 산봉우리에서 / 두 손을 활짝 펴면 / 나뭇잎처럼 피어나는 흰구름꽃! // 산을 오르면 / 산봉우리보다 더 높아진 / 나의 마음 / 그 높고 깊은 마음속에서도 / 몽그레몽그레 피어나는 / 꽃구름송이들.

–「산을 오르면」 전문

이준섭 시인의 산 예찬은 무한하다.

제5부 《초록 숲길》에선 초록의 향연이 펼쳐진다.

"너와 함께 도란도란 / 초록 숲길 거니노라면 / 저 멀리서 땀 흘리며 달려오다 먼저 떠난 / 초록 잎 네 환한 모습 / 달려오고 있어라"며 과거를 회상하고「물결치는 초록 잎새」에선 "연초록 물결 일렁이는 / 5월 숲에는 은방울꽃이 / 초록 잎 뒤에 숨어 피어 있어라"고 노래한다.「소리치며 노는 초록빛 나라」에선 "연두빛 잎새들이 / 나무마다 골짝마다 / 봄노래 함창하며 신나게 놀고 있다 / 초록빛 동그라미 속에 웃고 있네. / 귀여워라"며 가족에 대한 정을 초록 꿈으로 승화시키고 있다.

"와, 하늘이 겹겹 쌓여 있었구나 / 새하얀 꿈물결이 일렁거리고 있었구나 / 아, 드디어 할아버지와 나도 백두산 천지연에 섰구나 / 할아버지도 나도 가슴이 두근거리고 있었구나" 우리의 영산,「오방색 하늘 피어오르는 백두산」을 가슴에 안은 이준섭 시인. 산은 그의 삶이며 일상이었다는 걸 이 시집『산의 말씀』이 답해 준다.(*)